MONTMARTRE

ET

LE SACRÉ-CŒUR

Par l'abbé H. LESAGE

Aumônier militaire, Chanoine honoraire de Sainte-Marie in Cosmedin,
Chevalier de la Légion d'honneur

AU PROFIT DE L'ŒUVRE

SAINT-OMER

TYP. ET LIT. H. D'HOMONT, RUE DES TRIBUNAUX, 4.

1878

MONTMARTRE

ET

LE SACRÉ-CŒUR

MONTMARTRE

ET

LE SACRÉ-CŒUR

Par l'abbé H. LESAGE

Aumônier militaire, Chanoine honoraire de Sainte-Marie in Cosmedin,
Chevalier de la Légion d'honneur.

AU PROFIT DE L'ŒUVRE

SAINT-OMER
TYP. ET LIT. H. D'HOMONT, RUE DES TRIBUNAUX, 4.
1878

A Son Eminence

Monseigneur le Cardinal GUIBERT

Archevêque de Paris.

Eminence,

Dans sa marche au désert aride
Israël châtié de Dieu
Tombait sous la dent homicide
Des serpents au souffle de feu.
Moyse inspiré du ciel même,
A tout regard, comme un emblême,
Elevait un serpent d'airain ;
Trophée insigne d'espérance,
Sa vue était la délivrance,
Tout blessé guérissait soudain.

Ainsi quand le siècle dévore
Le règne de Dieu dans les cœurs;
Que le serpent distille encore
L'impur venin de ses erreurs;
Eminence! ton zèle insigne
Lève à Montmartre un divin signe,
Seul salut de l'humanité;
Le Sacré-Cœur avec ses flammes
Vient guérir et sauver les âmes
Par sa lumière et sa bonté.

On a dit : Paris est la France.
Mais la France du Sacré-Cœur
Ne sera qu'un Paris immense
D'unité, de foi, de grandeur.
Sur la France le Seigneur veille,
Témoin cette grande merveille
Qui promet un siècle nouveau;
Aux nobles cœurs, les grandes œuvres!
Achève, en tes saintes manœuvres
Le Sacré-Cœur est ton flambeau.

MONTMARTRE

ET

LE SACRÉ-CŒUR

Montmartre, nom d'amour, de martyre et de gloire,
Mystérieux berceau de la grande cité,
Merveille où Dieu décrit, au soleil de l'histoire,
Une immense épopée illustrant ta mémoire,
    En pages d'immortalité.

Je te salue encore et du cœur et de l'âme ;
J'aime ton souvenir et ton œuvre de foi,
Comme au jour où le pied sur ta crète de flamme,
Je voyais devant moi resplendir Notre-Dame
    Et Paris courbé devant toi.

J'admirais tes contours d'où l'œil s'étend et plane
Comme l'aigle des cieux sur le vaste horizon ;
Site formé de foi ! pas un souffle profane
Ne venait jusqu'à nous, sous ton ciel diaphane,
    Troubler notre heure d'oraison.

Ton sol n'est plus la terre ; on sent que des abîmes
Séparent devant Dieu des clameurs d'ici-bas.
Sous le ciel abaissé, de tes hauteurs sublimes
On revoit se dresser les héros magnanimes
    [1] Sanglants martyrs des saints combats.

Ils sont là, protégeant la cité d'âge en âge,
Plus grands, plus radieux par leur apostolat,
Qu'Athènes par son nom et son aéropage,
Alors qu'à tous les vents, sous le titre de sage
    Elle jetait son vif éclat.

Tout auprès on entend l'ange de la colline
Redire avec amour des chants harmonieux,
[2] Montrant le Monastère où la vertu divine
Prouvait au monde entier ce qu'un cœur d'héroïne
    Peut faire et souffrir pour les cieux.

On y suit pas à pas tout vieux pèlerinage,
Et la marche sans fin d'augustes visiteurs :
(3) Pape, rois et vassaux ; milice, humble servage,
Chefs d'ordres illustrés apportant comme hommage
    L'or et l'obole de leurs cœurs.

Un temps d'oubli passa sur la montagne sainte,
Dieu réservait sa gloire à des jours plus lointains ;
Du sang de ses martyrs elle restait empreinte ;
Denis devait un jour fécondant son enceinte,
    Éterniser ses grands destins.

Triomphe, ô Sacré-Cœur ! un zèle apostolique
D'un Temple en ton honneur creusa les fondements ;
Paris court admirer comment ta basilique
Doit couronner un jour en forme symbolique,
    Ses plus glorieux monuments.

Comme un soleil revêt de sa douce lumière
La nature qu'il baigne et couvre de splendeur,
Montmartre couvrira la cité tout entière,
Paris retrempera son âme toujours fière
    Aux flots d'amour du Sacré-Cœur.

1. 2. 3. Voir les notes à la page 37.

II

Lève-toi, temple d'espérance.
Appuyé sur tes grands arceaux ;
Lève-toi, tu portes la France
Et promets les jours les plus beaux.
La foi du Christ est ton baptême ;
La nation d'un vœu suprême
Acclama ton saint monument ;
Lève-toi, le peuple et l'église
Ensemble ont cimenté l'assise,
Le Seigneur est ton fondement.

Déjà, dans ta chapelle auguste,
Par la prière, tour à tour
Viennent le pécheur et le juste,
Répandre des parfums d'amour.
O Sacré-Cœur ! c'est ta victoire.
Près de l'autel expiatoire
Se rangent des peuples divers ;
Comme le flot qui monte et roule,
On y voit se presser la foule
De tous les points de l'univers.

Il te fallait, ô bonté même !
Il te fallait, ô divin Cœur !
Cette expiation suprême.
Un monde prévaricateur
Outrage ta majesté sainte ;
L'impiété sape sans crainte
Ta foi, ta doctrine et tes lois ;
L'infidélité sacrilége
Jette le mépris au Saint-Siége
Usurpe et foule aux pieds ses droits.

Ivre d'orgueil, en souveraine
La raison pose son flambeau,
Et dans son audace hautaine
Prédit au culte son tombeau.
Plus de dogmes que la science ;
Plus de lois pour la conscience,
Rien que la seule liberté ;
Chancelante sur leurs ruines,
Elle rêve pour ses doctrines
Une absolue autorité.

Toujours son audace redouble
Au vent des révolutions ;
Un vertige s'épand et trouble
La sagesse des nations.
Contre le Christ et son domaine
Toujours Satan souffle sa haine,
Il est l'âme des factieux ;
Il redit : je suis la lumière,
J'étends mon règne sur la terre,
J'étends mon règne dans les cieux.

Il fait mouvoir ses satellites,
Hommes de noires trahisons ;
Par des manœuvres hypocrites
Répand avec eux ses poisons.
On voit les foules, ses victimes,
A longs flots boire ses maximes,
Puis, sans remords et sans réveil,
Suivant de cœur sa voie immonde
Dans leur iniquité profonde,
Dormir leur éternel sommeil.

On recueille ce que l'on sème ;
Un siècle entier, la vérité
A vu tout mensonger système
S'établir en droit de cité ;
Trop longtemps ce mortel délire
Retient le peuple sous l'empire
Des erreurs et des préjugés ;
Satan presse ses artifices
Et croit vaincre par ses complices
Quand Dieu déjà les a jugés !

III

Non, vous ne tiendrez pas les destins de la France ;
Toujours le Sacré-Cœur est là-haut sa défense ;
La France est à la foi, la France n'est qu'à Dieu ;
Quand l'enfer frémissant menace, elle se lève
Et prenant à l'autel la vérité, son glaive,
          Triomphe aux luttes du saint lieu.

Ne jetez plus l'ivraie au sol de ma patrie ;
Son âme entée à Dieu jamais ne fut flétrie
Du souffle empoisonné des sectes de Baal ;
Clovis y fit germer la justice et la gloire ;
Les temps montrent gardés dans sa longue mémoire,
          Les droits du vœu national.

Dieu, roi des nations, leur assigne une voie
Et mesure à son but les dons qu'il leur envoie ;
O France ! ton destin est celui d'Israël ;
Dans la lutte de feu, comme autrefois Moyse,
Tu marches intrépide à la terre promise
       Sous l'égide de l'Éternel.

Des peuples d'alentour inquiètent ta marche,
Confiante au Seigneur, tu combats avec l'arche,
Rien ne suspend ta course au sein des ennemis ;
Leur mission à eux est ta gloire ou ta honte,
Selon qu'en combattant ta valeur les affronte
       D'un cœur infidèle ou soumis.

Ton champion fut-il un Goliath superbe,
Ta fronde et ton bâton le font rouler sous l'herbe ;
A l'aspect de ta foi tremblent les Philistins ;
Comme autrefois David, ô France ! ta grande âme
Fidèle à l'arche sainte et nourrie à sa flamme
       Poursuit ses immortels destins.

Si ton encens fumait au pied de quelqu'idole,

Si, peuple aimé du ciel, oubliant ton symbole,

Tu prosternais ton cœur aux autels des faux dieux,

Ton joug serait pesant et ton avenir sombre.....

Seigneur ! sauvez la France, et sur elle, sans nombre,

      Versez tous les bienfaits des cieux.

L'oublierais-je ? J'ai vu le valeureux zouave

Longtemps garder le Christ ; jamais l'âme d'un brave

N'avait si vaillamment servi Dieu dans son roi.

La fortune suivait ; mais laissons à l'histoire

Dire pourquoi pâlit le soleil de la gloire

      Quand une ombre a voilé la foi.

On a beau refouler au fond du sanctuaire

Le Seigneur qui préside aux destins de la terre,

Il est l'âme et le sort des peuples d'ici-bas.

L'Océan est son jeu, le monde son domaine,

Rien n'est grand, rien n'est fort que sa main souveraine

      Qui forme et guide les États.

Relève donc la tête, ô France ! ô ma patrie !
Dieu retrempe à l'autel ta valeur aguerrie,
Vois sur toi se lever une ère de bonheur ;
Comme au passé des temps, ton glorieux symbole
Couronnera ton front de sa pure auréole
      Dans le temple du Sacré-Cœur.

Sous sa voûte, déjà la foi des cœurs fidèles
D'avance avec ardeur a choisi ses chapelles
Et dénommé leur titre et leurs saints attributs.
Vincent de Paul verra sa charité féconde
De Montmartre s'épandre et secourir le monde
      Par ses vierges et leurs vertus.

Auprès de votre autel, saintes mères chrétiennes,
Sion a tressailli, vos œuvres sont les siennes,
Aujourd'hui par milliers comptant ses bataillons.
Auprès de saint Joseph se pose l'assemblée ;
Le glaive en main, saint Paul, à la face étoilée,
      Guide et bénit les missions.

Je vous y vois debout, ô magnanime armée !
Pour la France et la foi, l'âme tout enflammée ;
Geneviève, patronne et gloire de Paris,
Jésus, prêtre éternel, au travail, dans la chaire,
Tous vous formez, au temple, un cercle de lumière
      Tout autour du sacré parvis.

Comme autour du soleil, pure clarté des mondes,
Rayonnent sous l'éclat de leurs sphéres profondes
Mille astres reflétant sa suprème splendeur ;
Tout ce qui porte un nom dans la foi, dans la gloire,
Resplendira sans fin au temple expiatoire
      Dans les gloires du Sacré-Cœur.

IV

En tout lieu, Montmartre réveille
De pieux sentiments d'amour ;
C'est le Sacré-Cœur, ô merveille !
Que sa crypte montre en ce jour ;
Verbe fait homme, pure essence
De bonté, d'amour, de puissance,
C'est toi mon Seigneur et mon Dieu !
C'est toi que j'aime et je respire ;
Mais pour te chanter sur ma lyre
Donne-moi ton souffle de feu.

J'ai lu ton Nom sur les étoiles
Resplendissantes de clarté ;
Dans l'infini des cieux sans voiles,
J'en ai contemplé la beauté.
Le monde m'a redit ta gloire
Quand dans les fastes de l'histoire
J'ai vu les prodiges de foi ;
Les bois chantent ton harmonie,
Les beaux-arts peignent ton génie,
O Sacré-Cœur ! ce n'est point toi.

L'onde qui murmure et s'épanche
Est ta douce limpidité ;
La mer qui porte la voile blanche
Montre aux yeux ton immensité ;
Un ciel de flamme et de lumière
Fait resplendir à la paupière
La pure clarté de ta loi ;
La colombe toujours fidèle
Porte ton amour sous son aile,
O Sacré-Cœur ! ce n'est point toi.

Ce n'est point toi, mais ce saint temple,
Ce sanctuaire, cet autel,
Ce Sacré-Cœur que je contemple,
C'est toi, mon Dieu, toi l'Éternel.
Je m'abîme, Seigneur ! j'adore,
Je bénis, chante, loue, implore,
Mon cœur n'est que voix et qu'amour ;
Seine animée et foule immense,
Voix de Paris, voix de la France,
Avec moi, louez tour à tour.

Son Nom seul est toute louange ;
Mais vainement tout l'univers
Voudrait prendre la voix de l'ange
Pour former ses divins concerts ;
En vain les temps et la nature,
Les mondes et la créature
S'uniraient pour chanter en chœur,
Si de sa grâce il ne l'inspire,
L'hymne est muette sur la lyre ;
L'harmonie est le Sacré-Cœur.

Conception du Seigneur même
Un Cœur seul est le tout divin.
Le Père en toi s'adore et s'aime,
Verbe fait chair, roi souverain !
Les soleils aux clartés fécondes,
Les sphères des cieux et des mondes
Si profondes d'immensité ;
L'homme, son génie et sa flamme,
Le souffle infini de son âme,
N'ont d'être que ta volonté.

Et ton amour, comment le rendre,
O divin Cœur, toi tout amour ?
Brûlant et pur, suave et tendre,
Il ne demande qu'un retour.
Plus fort que la mort, il captive ;
Sa flamme ardente et toujours vive
A des torrents impétueux ;
Le foyer que ton Cœur allume,
Se répand, dévore, consume ;
Quel souffle en étendrait les feux ?

Ta grâce transfigure, embrase,
Et te communique aux mortels ;
Leur cœur alors, prière, extase,
Vit du parfum des saints autels.
Sur l'aile divine il s'élève ;
Monts, océans, vallée ou grève,
Rien n'en peut comprimer l'ardeur ;
Qu'ailleurs pour la terre on respire ;
Lui ne cherche que le martyre
Aux saintes luttes du Seigneur.

Un cœur !... il tient de Dieu ses charmes
Et son épanouissement ;
Dans la joie et dans les alarmes
Il est tendresse et dévouement ;
La patrie a son héroïsme,
La famille, comme en un prisme
Le voit rayonner d'amour ;
Sœur, époux, ami, tendre mère,
Votre cœur nous fait de la terre
Comme un séraphique séjour.

Dieu veut le cœur, Dieu le demande ;
« Mon enfant ! donne moi ton cœur »
Heureux et fier de mon offrande,
Il est à toi, prends-le, Seigneur !
O bonté suprême ! ô prodige !
Cendre et poussière, hélas ! qui suis-je,
Pour ainsi me donner à toi ?
L'homme ici-bas fait tes délices ;
Ton amour m'offre ses prémices ;
Disant : t'aime-t-on comme moi ?

Mon Dieu ! ton Cœur est le miracle
De ton auguste sacrement ;
Il est ta grandeur en spectacle
Dans ton anéantissement ;
Quel sens humain le peut comprendre ?
Ton cœur est divin, mais tendre,
Et par tendresse, humilité ;
C'est là ta gloire sur la terre ;
Tu te caches dans un mystère
Pour t'unir à l'humanité.

De ton amour, vivant emblème,
Ton cœur n'a vécu que pour nous ;
Marie à la crèche qu'elle aime,
Reçoit tes baisers les plus doux ;
Nazareth près de toi s'empresse,
Admirant croître ta sagesse
Comme les enfants d'ici-bas.
Partout la foule captivée
A ta parole s'est levée
Pour bénir et suivre tes pas.

Sur le chemin de l'Évangile,
Et sans autre aliment que toi,
Le peuple se presse docile
Sous tes enseignements de foi.
Ah ! j'ai pitié de cette foule
Debout sur l'herbe qu'elle foule,
Est-il du pain pour la nourrir ?
Tu parlais, elle se déplie,
Et soudain ton cœur multiplie
Le pain qui doit la secourir.

Naïm rappelle ses alarmes
Et se souvient de ta bonté ;
Une mère suivait en larmes
Son fils,par la mort emporté ;
Il était la seule étincelle
Allumée à son sein fidèle.....
Hélas ! ô regrets superflus !
Mais ton Cœur est le cœur d'un Père !
Mon Dieu ! tu disais à la mère :
« Voilà ton fils, ne pleure plus. »

Puis-je voir, sans pleurer moi-même,
Ton bon cœur ému de pitié,
Commander en maître suprême
Pleurant d'amour sur l'amitié :
Lazare, sors de cette tombe !
Et quand ton divin regard tombe
Sur ton infidèle cité,
Pleurant en elle ta patrie,
Tu lui disais, l'âme attendrie :
Hélas ! pourquoi m'as-tu quitté ?

Comment redire ta souffrance,
O Sacré-Cœur ! quand sous l'affront,
Tu vis des tiens la défaillance,
Et le soufflet frapper ton front ?
Quand tes bras pressaient la colonne,
Que l'épine fut ta couronne,
La croix ton trône, ô Rédempteur ?
Et que sur ce gibet infâme
Tu remettais à Dieu ton âme,
Dans l'agonie et sa douleur.

Mais s'il est amour et puissance,
Et s'il doit quitter son enfant,
Ton cœur mettra sa survivance
En un mystère triomphant ;
C'est la nature et l'amour même ;
On veut revivre en ce qu'on aime
Par un immortel souvenir ;
Ainsi mon Dieu, par ta parole
Tu te voiles sous un symbole
Pour mieux aimer et mieux t'unir.

Ainsi ton cœur au sanctuaire
Vit parmi nous, la nuit, le jour ;
Il se donne comme une mère
Se donne au fils de son amour.
Il crie au monde qui l'oublie :
Venez à moi, mon cœur me lie
Mes bien-aimés, à votre cœur ;
Venez, j'ai la voix qui console ;
Je suis moi-même l'auréole,
Et le pain vivant du Seigneur.

C'est peu pour l'amour qui te presse,
L'amour s'ingénie à donner ;
Dans l'Église de ta tendresse
Tu voulus encor t'incarner ;
Elle est ta voix et ta doctrine,
Ta grâce, ta vertu divine,
Ton sang, ton culte, ton autel ;
Elle a les mondes et les âges
Et dans l'hymne de ses hommages,
Elle est la terre, elle est le ciel.

Comme une barque sur les ondes
Tu guides son apostolat ;
Tu vois ses secousses profondes
Et la secours au saint combat.
Tu la portes dans tous les âges ;
Tu formes ses divins rivages
Et la sauves des flots amers ;
Toujours sur elle ton étoile
Toujours ton souffle dans sa voile
La suivent sur toutes les mers.

Parfois encore le martyre
Arme d'audacieux tyrans
Dont la haine, frémit, conspire
Contre l'Eglise, à tous ses rangs ;
Mais ces nouveaux combats de gloire,
Mais cette éternelle victoire,
Promise à ses luttes de foi ;
O Sacré-Cœur ! c'est la couronne
Que ton amour prépare et donne
A tes fils qui vivent de toi.

V

Le Cardinal, nouveau Moyse
Tout brûlant d'un zèle d'un feu,
Emu des douleurs de l'Eglise
Et formant sa prière à Dieu,
Disait : « Seigneur ! j'aime la France ;
» Se peut-il que son ignorance
» Provoque, hélas ! tant d'abandon ?
» Il est temps, mon Dieu ! qu'à ta gloire
» Un monument expiatoire
» Crie au ciel grâce et pardon !

O saint Prélat ! quelle ressource
Suivra ton magnanime élan ?
» Dieu seul ! son Cœur sera ma source
» Immense comme l'Océan ;
» Il faut que Paris se réveille ;
» Quand il verra cette merveille
» Assise sur ses fondements,
» Ah ! je connais, moi, sa grande âme ;
» De son amour, quand Dieu l'enflamme,
» Soudain sortent les monuments. »

Et toi, France ! tu voudras suivre
L'élan de son Apostolat ;
Tu sauras respirer et vivre
De la flamme du saint Prélat.
Comme un filet d'eau dans la plaine
Coule d'abord, sensible à peine,
Puis bientôt grossit dans son cours ;
Devenu comme un fleuve immense
Il porte partout l'abondance,
Et sans tarir, jaillit toujours.

Donnez, enfants de la prière ;
Comme un hommage, au Sacré-Cœur,
Venez apporter votre pierre
Au monument réparateur.
Paris peut montrer sa mémoire
En arcs de triomphe et de gloire
Aux yeux des grandes nations ;
Faites que ce temple rappelle
Le berceau de sa foi fidèle
Aux yeux des générations.

Qu'on dise : d'épaisses ténèbres
Environnaient la sainte loi,
Couvrant de leurs voiles funèbres
Un immense horizon de foi.
Guibert, l'homme de Dieu se lève ;
Et comme le guerrier son glaive
Prend l'armure du Sacré-Cœur ;
Et par un monument sublime
Montre à tout Paris sur sa cime,
La foi brillante de splendeur.

VI

Montmartre ! en gravissant ton antique montagne
    Je voyais comme un Golgotha
Environner d'amour Paris et sa campagne,
    J'ai dit : le Sacré-Cœur est là.

Il est là ; je le sens à ce feu qui m'enflamme
    Comme un foyer brûlant en moi,
Et nous avons prié ; la prière de l'âme
    C'est toi, mon Dieu, c'est toujours toi.

Prions, prions encor, la voix de la prière
    Qui s'élève jusques aux cieux
Ravit au Sacré-Cœur sa grâce et sa lumière ;
    Seigneur ! Seigneur ! entends nos vœux.

Protége ton Église ; au couchant, à l'aurore,
Pour ta gloire, elle a combattu ;
Elle a conquis le monde et le soumet encore
Par la croix et par la vertu.

Sur Rome et le Saint-Siége étends ta Providence ;
Garde et soutiens la Papauté ;
Pour le bonheur du monde, avec l'indépendance
Rends-lui, mon Dieu, la liberté.

Ranime à ton autel la France suppliante,
Sois sa force et son bouclier ;
Pour tes œuvres, Seigneur ! son âme confiante
S'arme toujours comme un guerrier.

Léon treize a sacré ton grand nom, ô Patrie !
Dans son fidèle souvenir ;
Son cœur aime la France, et sa grande âme prie
Le Tout-Puissant de la bénir.

A la grande cité conserve son apôtre ;
    Sauve le Cardinal, Seigneur !
Vois son œuvre d'amour, et bénis-la ; quel autre
    A plus aimé ton Sacré-Cœur ?

Veille sur ta colombe au penchant des collines,
    Parmi les roses de Saron ;
Elles ont tout quitté pour les splendeurs divines
    De ton éternelle Sion.

Protége la famille et garde la jeunesse ;
    Tu prenais les petits enfants,
Les portais sur ton cœur, et ta main qui caresse
    Bénissait leurs fronts rayonnants.

Prends pitié des pécheurs ; mon Dieu ! ta course ailée
    Les cherchait avec tant d'ardeur !
Vois leur âme, Seigneur ! de ta grâce exilée,
    Touche et gagne leur cœur.

Ne permets pas, mon Dieu ! que les transports de haine
  Triomphent de la charité.
Rends la justice au droit, confonds l'âme hautaine,
  Soutiens le cœur persécuté.

Relève le malheur et console l'épreuve,
  Soutiens ce qui gémit tout bas :
Le pauvre délaissé, l'orphelin et la veuve
  Souffrant des maux qu'on ne voit pas.

  Sois toujours le Dieu de notre âme,
  Seigneur, sois notre amour sans fin ;
  Dans nos cœurs allume ta flamme
  Comme celle d'un séraphin.
  Qu'ils ne respirent que ta gloire !
  Que Montmartre soit la victoire
  Qui couronne un divin labeur !
  Avec un Père, à son exemple,
  Puissions-nous bientôt dans le temple
  Chanter : vive le Sacré-Cœur !

Saint Denis, disciple de saint Paul, vint à Paris vers l'an 112
de l'ère chrétienne ; il fut aidé dans son apostolat par saint
Rustique et saint Eleuthère, diacre. Il fut martyrisé le 9 octobre
de l'an 117, sur le revers de la montagne de Montmartre, à l'âge
de 101 ans.

Louis le Gros établit un monastère de femmes, pour faci-
liter les nombreux pèlerinages, et le dota ainsi que son fils
Louis VII, couronné roi.

Le lundi de Pâques 21 avril 1147, le Pape Eugène III vient
à Montmartre officier pontificalement. Il y revient le dimanche
après l'Ascension de la même année, consacre les bâtiments af-
fectés aux religieuses par la reine Adelaïde; ajoute de nouvelles
indulgences pour les pèlerins et les bienfaiteurs du couvent.

Le roi Louis VII vient prier à Montmartre sur le tombeau
de sa mère, inhumée au-devant du grand autel.

Plus tard le pape Urbain V donne à Montmartre des témoi-
gnages de sa protection.

En 1534, saint Ignace et ses compagnons font une neu-
vaine à Montmartre, renouvellent ce pèlerinage, prêchent la
foule qu'ils attirent de tous les points de Paris.

Henri II nomme prieure Catherine de Clermont qui y fait

fleurir la règle de saint Benoît, si bien que Montmartre alors comptait plus de soixante religieuses.

Le 25 juillet 1593, Henri IV, le jour de son abjuration, orné du manteau royal et du panache blanc, vient prier à Montmartre au tombeau des martyrs, et y fait des largesses au peuple.

Louis XIII y vient en pèlerinage avec les seigneurs de sa cour.

Saint François de Sales s'y rend à l'occasion du caveau miraculeusement retrouvé. — Saint Vincent de Paul, M. Olier, curé de Saint-Sulpice, les paroisses de Paris y font des pèlerinages.

Les nonces de France y venaient dès leur arrivée à Paris.

Louis XIV s'y rend avec sa maison, fait des dons précieux.

Le monastère de Montmartre était le plus magnifique couvent de France après l'abbaye de Saint-Denis ; il eut pour abbesses, entr'autres, les dames de Clermont, de Beauvillers, de Lorraine, d'Harcourt, de Bellefond, de Rochechouart, de la Tour d'Auvergne, de la Rochefoucauld, de Laval-Montmorency, etc.

Le 16 juin 1875, Mgr le cardinal Guibert, archevêque de Paris, bénit et pose la première pierre de l'église Montmartre ; le 3 mars 1876, Son Eminence inaugure la chapelle provisoire. Le jour anniversaire, 3 mars 1877, Mgr le Cardinal y célèbre la messe et annonce que le Saint-Père élève l'œuvre en Archiconfrérie. Puissent les dons et les souscriptions y abonder pour l'achèvement complet et prompt de ce saint Temple.

(Extrait des recherches de Mme Félicie Testas.)